바람의 길목

주영 이영자 시집

바람의 길목

주영 이영자 시집

예술의숲

첫 장을 열며

이렇게 살 수는 없다고
인생 그래프를 그렸다
어떻게 살아야 어른으로 잘사는 걸까
내 생에 글 한 편을 남긴다
첫 시집을 펼치며 설레고 기쁘지만
민망하고 부끄럽다

2024년 봄에 이영자

◈ 차 례 ◈

1주
하루를 열어가는 소리

2주
그 사람에게

3주

사랑하고 용서하란 말

4주
엄마의 꽃

1주
하루를 열어가는 소리

새벽을 여는 철문은
손을 끌어당겨 놓지를 않는다

하루의 시작

겨울 새벽을 여는 철문은
손을 끌어당겨 놓지를 않는다
컨테이너 안의 와자지껄
아파트 공사장에서
하루를 열어가는 소리다

다른 사람들
아직 눈도 뜨기도 전
가족을 위해 새벽을 깨운다

무거운 걸음 터벅터벅
몸을 감싸고 있는 도구들
짊어진 무게가 늘어진다

쌀쌀한 날에
몸을 내던지며
숨차게 달려간다

들길을 걸으며

얼마 만일까
초록잎이 바람과 어울리는
들녘으로 나간다
산들산들 비로소 산과 들의 만남이
바람이라는 걸 본다
하늘 아래
산에서 내려오는 바람결 따라
사과가 시원스레 붉어지고
수박이 기뻐서 살이 찐다

홀로이자 홀로이지 않은
마음 한구석에 자리 잡고 있는
언제나 젊은 한 사람이
함께 한다

늙어가면서
더 그리워지는 그 사람
나무는 고요히 쉬고 싶지만
바람은 가만두지 않는다

잎새

잎에 가려져 우뚝 서 있던 나무
한 잎 두 잎 단풍 되어
신음하더니
비바람 몰아쳐
힘들다고 떨어져 뒹군다
짊어진 짐이 무거워서였을까
마지막 잎새 하나까지
휑하니 떠나버린다

함께 나누지 못해서
다정하지 못해서
이해해 주지 못해서
힘들 때 나누지 못해서
한 송이 꽃도 보답지 못해
그게 미안해서 그리움만 더한다

감기

내가 사는 집은 여인숙 같다
매일 아침 새로운 손님이 도착한다
기쁨 절망 슬픔이 진득하게 깔린 마루에
가끔 예기치 않은 순간적 깨달음이
방문객처럼 찾아온다

어느 날
갑작스럽게 까다로운 손님이 왔다
자기만 알아달라며 괴롭힌다
떨쳐 버리려 해도 평생
친구 하자고 떼를 쓴다

입맛에 맞는 것만 달라고 한다
때로는 귀찮아 아무거나 주면
조용하던 친구는 화를 낸다
사는 동안 살살 달래야 하는
떼어버릴 수 없는 친구가 얄밉다

지는 노을

늙기가 어렵다
세상이 빨리 변해
인심도 요동치고
세월의 변화에 뒤처지는 고독을
누가 동정할까
남은 시간 게을러지지는 말아야지
여생의 행복을 찾아
불꽃 사르고 있는 노을을 피워
짙은 사랑으로 태워야지

구절초

군락지를 이룬 하얀 꽃
어머니 향기가 난다

구절초 달인 물에
수수엿 고아 밤 대추 생강 넣어
몸 따뜻하라고 챙겨주신
꿀단지

어머니 손끝에 담긴
달콤한 사랑
아직도 몸 안에서 따뜻한 피가
맴돌고 있다

매일 그 자리

해가 바뀌어도
비우지 않는 명당자리
자릿세 천 원이면 종일 앉아있는
장터 야채 노점이다

하루가 길어도
늘 그곳에서 스쳐 가는 인연들 만나
수다로 시간 가는 줄 모르고
주머니 채워지는 재미에
해 지는 줄 모른다
손주들 용돈 주는 통장이 배 불러오는
기쁜 하루다
쉬는 것보다 일하는 것이 즐겁다는
매일 자리 지키는 노년의 하루

그날

발걸음이 허허벌판 외딴곳에 있는
빈집 찾아 길을 나선다

세월이 가면 잊힐 줄 알았는데
흐르면 흐를수록 미안한 것 많고
준 사랑보다 받은 사랑에
그리움만 더해 간다

혼자서는 숨찼던 세월
갈수록 내가 나를 감당하기 어려워
무척 더디게 가는 세월이
때로는 야속하기도 하다

백리길

어머니의 백 리 길은
홀로 짊어진 짐이 벅찬 나날이었다

긴 겨울을 견뎌낸 나뭇가지는
진액이 다 하여
바람만 불어도 부러질 듯
앙상하다

지는 노을에
사랑하는 아들과
이별할 날만 기다리신다

어머니와 인연이 된 지 50여 년
이제야 슬픔도 아픔도
조금씩 알아간다

한 줄의 글

삼십여 년 전부터 붙박이로 걸려있는 액자
그 안에 쓰인 커다란 글씨
"이제부터 시작이다"
1994년 1월 1일 아빠가

자식들 배움 길에 있을 때다
퇴근길에 사 들고 온 액자에
지워지지 않는 펜으로 글자를 넣었다

그해 마지막 달 홀연히 떠난 사람
예감이라도 있었던 것처럼 글귀 한 구절을
유언처럼 남겼다

자식들과 나 모두가
새롭게 시작되는 길은
슬픔과 아픔이었다

이제는 만져보지도 잡아보지도 못하는
그가 내 안에 있다
액자 안에서 바라보고 있다

공원

살포시 한 걸음 내디딘 그곳
부족한 것 채워주고
아픈 상처 어루만져 주는
그곳
세월은 주름살을 늘려가지만
한 톨의 시는
마음을 하얗게 만들어
이루려는 소망
가면 갈수록 힘들어도
밥을 뜸 들이는 기다림으로
모락모락 희망을 내다본다
주름 꽃 피우는 그곳에서

산과 함께 하는 아빠와 아들

지리산 운봉 바래봉
정상을 가기 위해 중턱에 오를 쯤
잠시 쉬고 있을 때다
테이프로 칭칭 감은 짐을 지키는
어린 소년이 있었다
조금 후에 아빠 같은 분이 온다
등산객들이 숨차게 오를 때
아빠는 아이스케이크하며 목소리를 높인다
궁금했던 짐이
아이스크림을 담은 통이었다
등산객들 더위를 식히느라 너도나도
아이스크림을 살 때마다
아빠와 아들 얼굴이 활짝 피어난다

줄지어 올라오는 등산객을 향해
이번에는 아들이 아이스케이크하며 외친다
아빠 따라 함께 외치는 청아한 소리
순수한 메아리로 들려온다

나만의 공간

어떠한 방해도 없는 곳에서
휴식하는 시간
밖에는 비가 추적추적 내린다
빗소리에 스쳐 간 인연이
영혼을 달래준다
아프게 했던 인연도
용서로 마음을 씻어낸다
화내게 하는 요인도
불안하게 하는 요인도
용서로 사라진다

정겨운 밥상

매일 혼자 먹던 밥상
오늘은 둥지 떠난 새들 날아와
한 상에 둘러앉아 먹는다
오순도순 머리 맞대며
먹는 모습만 바라봐도 사랑스럽다
차려놓은 것
봄 내음 풍기는 나눌 뿐인데
최고로 맛나단다
이제 손끝으로 베풀 수 있는 사랑을
얼마나 더 펼 수 있을까

삶의 계단

모든 꽃은 피었다 지듯
삶도 영원하지 않다
백 계단을 오르신 어머니가
건드리면 쓰러질 듯 앙상하다
숨 쉬는 동안 자식과 함께하며
먼 곳으로 떠나실 때
모든 것 내려놓고
새로운 문 들어가시길
소원하시는 어머니
이별의 준비를 해야만 할까

듣고 싶은 말

항상 기대어 위로 받던
큰 나무
짊어진 무게가 무거웠습니다

남편 자리
아빠 자리
아들 자리
한몫 짊어진 수고

날이면 날마다
큰 나무 그늘이 보고 싶고
큰 나무 품에서 쉼을 얻었던
그때가 그리워지네요

큰 나무가 듣고 싶었던
말이 있었겠지요
수고했다고 감사하다는
그 말

이제야 보이는
이제야 들리는
깨달음

큰 나무, 나의 소중한 당신
미안합니다

새벽길

고요를 헤치는 새벽길
달이 환하게 비춰준다
누가 알아주지 않아도
어둠을 밝혀주는 달

기도하는 그곳을 찾아간다
사랑의 빚을 많이 지고 사는
나는 두 손 모아 다짐한다
더 많이 감사하기 위해
더 깊이 사랑하기 위해

이별해야 한다는 생각

몇 개월 만에 어머니를 만났다
잎은 다 떨어진 앙상한 나뭇가지 같아
울컥 명치끝이 아프다
툭 건드리면 쓰러질 듯한다
손주도 얼른 알아보지 못하고
시침이 한참 돌아야
지워진 기억에서 돌아오나 보다
시간이 갈수록
남은 기억조차 도망치려 한다
그래도 고난의 한 시절을 함께한
며느리는 잊지 않으셨나 보다
얼마 전 다친 팔을 기억해
이제 팔은 다 낳았느냐고
염려해 주시는 어머니
언제 또 사랑의 온기를 받을 수 있을까
산다는 건 언젠가는 이별한다는 것
백세 되신 어머니 또다시 뵐 수 있을지
돌아서는 발걸음이 무겁다

2주

그 사람에게

회신 없는 줄 알면서 그냥 건다
그냥 그냥 좋아서
바람결에 띄워 보낸다

바람결에 띄운다

오늘은 혼자만 간직할 수 없는
큰 기쁨의 날이다
나보다 더 좋아
팔랑개비 춤추듯 기뻐할
그 사람에게 전화를 건다
없는 번호란다
회신 없는 줄 알면서 그냥 건다
그냥 그냥 좋아서
바람결에 띄워 보낸다

대목 장날

리어카 위 좌판에 생선 줄 서고
엿장수 가위 장단 들썩인다
골목길 국밥집 남녀노소 입 맞추고
녹두빈대떡 죽 만두여기는 먹자골목
노인과 젊은이 하나로 시간 가는 줄 모른다
여기저기서 손님 맞으려 목청 높이는
고달픈 삶이 보이는 이곳엔
덤으로 한 움큼 얹어주는 정이 있는 곳
장날이면 동태 사와 장독 안에 절여 놓고
한 토막 꺼내 밥솥에 쪄주시던
엄마 손맛이 그리워진다

마지막 손님

먼 거리 다녀온 늦은 시간
저녁 식사를 위해
식당 문을 열고 들어선다
종일 손님 맞느라 지쳐 보이는
아주머니 모습에 미안하다

서둘러 식사를 마치고
죄송하다는 인사를 건네자
환하게 웃는다
마음이 가벼워진다

고향

푸른 시절 지나 은빛 시절 되어
육십여 년 만에 찾은 고향
옛터전은 그대로인데
목화밭에 다래 따 먹던 곳
가재 잡고 다슬기 잡던 곳
흔적도 없다

세월 흐름 속에 고향이 변했듯
내 삶도 변했다
어떤 인연은 떠나가고
어떤 인연은 함께 간다

고향에 남겨진 것들
손가락 꼽을 정도지만
마을 옆 황새공원 생기고
나 다니던 초등학교 옆에도 형제공원 있어
또 다른 추억 한가득 담아 왔다

새벽시장

두터운 옷을 입어도 추운 날씨
둥그런 통 안에 모닥불 피워놓고
옹기종기 모여 추위를 달랜다
깡통 안에 촛불 켜놓고 그 위에 앉아
시린 손 녹인다

따끈한 차 한 잔으로 움츠린 마음 달랜다
고단함 속에 하루를 여는 새벽
돈을 벌기 위해 잃어버리는 건강
건강을 되찾기 위해 잃어버리는 돈

사는 시간은 늘었지만
시간 속에 삶의 의미를 넣는 법은
상실해간다

성장

강보에 싸여 배냇짓 하던
작은 손
천사의 얼굴 바라보며
두 손 모아 기도했었지

세월은 쏜살같아
훌쩍 커버린 손자
바삐 움직였던 손은
이제 아무것도
할 일 없다

어울림 마당

가볍게 스쳐 가는 인연이
부푼 설렘으로 만난다
화음을 넣은 입맞춤으로
하나 되는 시간
사랑으로 어울려 돌아간 동심이
나풀나풀 춤추며 웃음 짓던 날
남녀노소 젊은이들이
하나 된 잔치가 빛난다

댑싸리

길모퉁이의 댑싸리
붉은 옷 노란 옷 입고
한껏 뽐내고 있다
보라 머리에 붉은 입술
누구에게 보이려는 걸까
한 시절 한껏 뽐내며 살다가
단풍 들어 허리 동여매고
비로 태어나
쓰레기 쓸어내며 점점 닳아진다

그리움

가깝고도 먼 거리
자주 볼수록 그리워지는 얼굴
며칠 지나면 또 보고 싶고 궁금하고
해 질 녘이면 전화 한 통 만이라도
기다려지는 마음
색다른 먹거리 만들 때도 자식들 생각뿐이다

오늘 아침 창문 가까이에서
까치가 지지 운다
누구 반가운 이 오지 않을까 기다려진다

어머니도
지금 나와 같은 마음이셨겠지
먼 산 바라보시며
자식 얼굴 그리워하셨겠지

추석을 기다리며

기름을 짜려고 방앗간에 갔다
온통 고소한 냄새가 코를 찌른다
추석을 맞아
송편에 바를 참기름
나물 무칠 참기름
참깨를 볶아 짠다

참깨는 뜨거운 가마솥에 들어가
온몸을 불사른다
뜨거워 톡톡 튈 때까지
비틀어져 짜질 때까지

어머니의 고단했던 삶이
볶아져 톡톡 튄다
조여져 지글지글 짜인다

고소한 냄새가 나는 만큼
어머니의 한숨 소리 크게 들린다

몽당 빗자루

나무는 잎을 하나씩 밀어낸다
마당에서 나뒹구는 낙엽을
낡은 빗자루 들고 쓸어낸다
넓은 마당에는 큰 빗자루가
좁은 구석에는 몽당 빗자루가 필요하다

뾰족한 생각을 내려놓고
닳고 닳아 모서리 없어진
냇가의 돌멩이처럼
뒹굴고 싶다

온실의 화초

고이고이 품어온 화초
한 그루
바람에 쓰러질세라
우박에 다칠세라
보살피고 안아왔다

예상치 못한 폭우에
휩쓸려 사라졌다
열매도 맺지 못하고
사라져갔다
지탱해 주던 보조대만
아프게 운다

아름다운 열매

시장에도 마트에도
싱싱한 열매들이 한눈에 들어온다
얼마나 소중한가
열매 맺기까지의 아픔과 고통을 지나
결실은 행복이다

오늘 생활 속에서
내 입술에서 나오는 열매는
쓸까
달까
아름다운 열매가 되기 위해
나를 훈련한다

웃음꽃

몽실몽실 피어나는 꽃 송이송이
바라만 보아도 우울했던 마음에
사랑이 다가와 웃음꽃 피네

학교 도서관 가는 길 나비 한 마리
나풀나풀 날아와 품에 안기네

천진스런 사랑의 웃음꽃
보라색 하얀색 분홍색 노란색
온종일 마음에 활짝 피어나네

늘 함께 계신 분

함께 라는 말처럼 위로가 되는 말이 없습니다
내 옆에 누군가가 있고 나에게 관심을 주는 분
모든 것을 감찰하시고 돌보시는 분

내가 걸어가는 것에 보조를 맞춰주시고
나의 눈높이에 맞춰 나를 바라보시고
내 음성에 귀 기울이시며 들어주시는 분
언제나 뒤돌아보면 그분이 계셔
오늘도 승리의 길 걸어갑니다

오늘 하루

하루를 사는 동안
어떤 이에게는 슬픔이
어떤 이에게는 죽음이
어떤 이에게는 재난이
비켜 갈 수 없도록 다가선다

그러나
고난과 시련이 힘들게 하는 게 아니라
낙담이 쓰러지게 하는 건 아닐까

대나무는 마디가 있어
올곧게 자라듯
순간순간 이겨 나가기를
두 손 모은다

오늘을 맞이한 귀한 날
주어진 일에 감사한다

순수한 사랑

도서관에서
어린이 책 읽기 지도 봉사를 하는 날
문을 열고 들어온 어린이가
불쑥 딸기 한 알을 건네준다
점심 후식으로 나온
딸기 두 개 중 한 알을
손에 꼭 쥐고 찾아온 것이다

가슴 뭉클하여 손을 꼭 잡아준다
가정에서 사랑을 듬뿍 받아
사랑을 나누는 것일까

사랑을 받지 못해
관심을 얻으려는 것일까
나는 어린이에게 배웠다
마음을 일깨워주는 사랑을
고운 마음의 나누는 사랑을

3주
사랑하고 용서하란 말

풀은 아무리 짓밟혀도
아무런 불평 없이 용서하고 용서한다

풀

날마다 풀을 밟고 또 밟으며 걷는다
풀은 아무리 짓밟혀도
아무런 불평 없이 용서하고 용서한다

어렵고 힘들어할 때
손잡아주고 눈물 흘리며 위로도 하지만
사랑과 용서 앞에는 고개만 숙일 뿐
시기와 질투가 있어 괴로워한다

서로 사랑하고 용서하란 말
수백 번 들었어도 돌아서면 늘 그 자리
얼마나 엎드려야 수없이 짓밟혀도
용서할 수 있는
풀이 될 수 있을까

반가운 봄비

계절을 잊은 듯한 따사로운 날씨
봄을 재촉하는 비가 내린다
메마른 곳을 흠뻑 적셔주는 반가운 비
씨앗이 발아하며
땅을 뚫고 올라서기에 아우성이다

잎이 나고 열매를 맺어가는
생동하는 시간이 지나면
계절은 어김없이 우리를 찾아온다

봄날

들길에 퍼지는 봄의 향기 따라
수북 쌓인 낙엽을 헤치니
안간힘을 다해 머리를 들고
어린싹이 숨을 쉬고 있다
늘 자기 자리에서 살아가며
뒤죽박죽 섞여 있어도
자신을 잃는 법이 없다

저물어가는 이 몸뚱이도
중심을 잃지 않고
찬바람에 흔들리지 말고
사랑이 물드는 곳에 머물러 있기를
소원하다

부끄러운 날

점심 식사 자리에서
가끔 마주치는 그분을 만났다
언제나 웃음꽃이 곱다
자녀들과 함께 한 자리
식사 후에 상을 행주로
말끔히 닦아주고
신발장 앞에서는
손님들 흐트러진 신을
나란히 정돈해 놓고 간다

그분의 행동에 큰 깨우침을 얻고
부끄러워진 날
눈앞에 어리는 서릿발 내린
그분의 모습이 백합꽃 같다

한마당

윷놀이가 시작됐다
유년 청소년 장년이 어우러져 가는 시간
어린이들 던져진 윷가락에
폴싹폴싹 뛰는 모습
할아버지 할머니들도 춤이 덩실덩실
윷가락에 맞춰 흥겨운 시간이다
도 개 걸 윷 모 하나라도 없어서는
어울릴 수 없듯 모두 소중한 사람
도로도 이길 수 있고
모로도 이길 수 있는
서로 어울리며 맞춰가는 아름다운 세상
어울림의 한마당이다

오늘만 같아라

덩그러니 혼자 있던 곳에
너희가 꽉 채워주니 따뜻하다
어느새 훌쩍 자라 방안을 가득 채운 손주들
모습만 바라보아도 흐뭇하다
서로 웃고 이해로 바라보는 눈망울
사랑을 확인한다
내가 먼저 손해 보는 듯 살면 모두가 편하다는
아버지의 말씀
너희도 기억하지?

늘어나는 나이테

강산이 일곱 번이나 바뀔 만큼
또 나이테 하나 늘어났다
올해 들어선 문득문득
누군가에게 짐이 될 거라
생각하면 괜스레 우울하다

오직 마음 알아주시는 그분께
이기적인 기도를 한다

살아있는 동안은 사물을 분간할 수 있고
내 발로 걸어 다니고
누가 무엇을 물으면 답해주고
웃으면 같이 웃어주고
오랜 세월 길들여 온 모든 질서가
한꺼번에 무너지지 않을 만큼
건강을 허락해달라고

행복한 아침

새벽 첫 시간
오늘을 걸을 수 있는 것
오늘을 볼 수 있는 것
모두가 감사로 고요한 시간
눈을 감는다
등 뒤에서 등 옆에서
누군가 날 위해 두 손 모을 때
나도 저들 위해 두 손 모은다
그때
아들이 책 한 권을 건네주고 돌아선다
이해인 시인님의 시집 '꽃잎 한 장처럼' 이다
가슴 설레는 순간의 행복한 시간
한 권의 책으로 감격의 파도 위에서
하나 되는 시간
그 사랑에 살짝 이슬방울이 맺힌다

마음에 가두지 말자

마음에 가둘 수 있는 것은
아무것도 없다
벅찬 감동도 슬픔도
그 어떤 것도 가두지 말고
세월이 지나가게 하자

마음에
모아두지 말고
쌓아두지 말고
담아두지 말자

마지막 남은 달력 한 장 놓고
정리하고 싶은 것들
허공에 머무는 것이 아무것도 없듯
그 무엇도 마음에 머물 수 없도록
비우자

늦은 후회

아파트 계단 옆
한 그루 살구나무가 벽돌에 짓눌려서도
철 따라
꽃피고 열매 맺고 단풍 되어
모두를 내어준다

자식들을 위해
짊어진 무게를 견디며 달려오신
어머니 생각에 울컥한다

왜 일찍 알지 못했을까

어머니의 살아오신 나이가 돼서야
그 깊은 사랑을 알 수 있는
때늦은 후회

들길을 걸으며

얼마 만일까
연초록과 진초록의 들녘으로 나간다
파란 하늘 아래는
빨간 사과가 감동하게 하고
먹을거리도 눈에 들어온다

홀로이자 홀로이지 않은
마음 한구석에 자리 잡고 있는
언제나 사십 대의 젊은 한 사람이
함께 한다

늙어가면서 더 그리워지는 한 사람
나무는 고요히 쉬고 싶지만
바람은 가만두지 않는다

추석

아침 눈 뜨니
닫힌 창문 사이로
맛난 내음이 스며드네
자녀들 먹일 생각에 지칠 줄 모르고
맛난 것 만들어 주시던
엄마가 그리워진다

올 추석은 팔을 다쳐
음식 준비가 분주한 시간인데
두 손 놓고 있으니 답답하다
아무리 바빠도
손발 움직일 때가 즐거워
그때가 그리워진다

한 통의 전화

손 전화에 걸려온
고령의 여자 목소리
애야! 다친 데는 괜찮은 거니?
울먹이며 들려오는 소리에
괜스레 울컥한다

어머니
이것이 어머니 사랑인가 보다
자식은 자주
인사조차 드리지 못했는데
죄송함에 고개 숙인다

어느 날

아침저녁으로
꽃밭 찾아 날던 나비
나뭇가지에 걸려
한쪽 날개 상처 났네

두 날개 펴 날아다녔는데
종일
나무 의자에 앉아
도움만 기다리네

노을 지는 마을

눈뜨면 편안히 쉴 수 있는 의자
묻어온 세월만큼이나
여기저기 생채기가 남아있다
덮어씌워도 지워지지 않는다
실밥 터진 방석에
가만히 눌러 놓은 마음이 묵직하다

시간은
꽃잎 하나 남기지 않은 채
먼 산 너머로 날아가 버리고

웅크린 마을에 노을이 진다
내 꿈은 어느 빛깔로
물들어 가고 있는 것일까

이래도 저래도 걱정

설레는 마음으로
엄마 손 잡고 교문에 들어선 일학년
입마개 가리고 방글방글
해맑은 웃음꽃을 보지 못하네

손잡고 마냥 좋아할 아이들
거리 두기로 멀어져 손도 잡지 못하네
줄을 서서 발열 체크
손 소독하고서야
교실로 들어가는 아이들

그 아이를 바라보고 있는 엄마 아빠
이래도 저래도 걱정뿐이다

어서 빨리 코로나 사라져
주인 잃은 놀이터에서
뛰어놀 수 있는 그 날이 오길

낙엽

그늘막이 되어준 나무
쉬어가라 하던 나무
밤새 휘몰아친 비바람에
물들지 못하고
한 잎 두 잎 떨어져 나뒹굴고 있네
채이고 밟혀 부스러져 아파하네

낙엽을 쓸며
그 사람 생각하네
아름다운 단풍 들기 전
가버린 그 사람

4주
엄마의 꽃

사랑을 받을 줄 알고
사랑을 줄 수 있는
엄마의 꽃

너와 함께여서 좋은 날

품어주는 바다만 보아도
엄마 사랑 같다
길을 걸을 때도
숲을 볼 수 있어 감사하다
풍경이 정겨워 그냥 좋다
산을 보아도 연결된 하나고
바다를 보아도 합쳐진 하나다

둘이 한 몸으로 가는 길에
엄마 같은 사랑을 기도한다

사랑을 받을 줄 알고
사랑을 줄 수 있는
엄마의 꽃

너를 감싸주는 벌과 함께여서 좋다
사랑받을 수 있는 날이어서 좋다

살아가고 있다는 것

메마른 땅에 고구마 줄기를 심는다
매일 물을 줘도 시들어가는 가뭄
어느 날 단비에 작은 잎 살아난다
무성히 밭이랑을 채운다

마음이 시들어갈 때
음성으로 채우고
몸이 지쳐갈 때
의사 처방으로 생기가 나고
오늘 내가 있음을
마라톤 경주하는 선수처럼
푯대를 향해 간다

보리밥

텃밭에서 자란 상추는
이슬을 품고 있다
말간 속을 보이는 사랑

보리밥에 된장찌개
상추 넣고 쓱쓱 비빈다
가마솥에 지은 엄마 밥상이 그리워진다
가난한 살림에
보리쌀 닦느라 손이 부르트고
일거리에 손톱도 자라지 못했다

가마솥에 불 지펴 놓고
텃밭에 나가 따온 애호박으로 된장 끓이고
호박잎 쪄서 한가득 차려진
엄마의 보리밥 상이 그립다

후회

많이 웃어줄 걸 그랬다
실수해도 다독이며 웃어주고
부족해도 손뼉 치며 웃어주고
활짝 피는 꽃처럼 웃어줄 걸 그랬다

사랑한다고 안아주고
내 생에 단 한 사람이라고 품어주고
이럴 줄 알았다면 손이라도 많이
잡아줄 걸 그랬다

모든 걸 잃고 나서야
철이 들었나보다
후회하며 마음만 아파온다

함께여서 좋은 날

거미줄에 얽혀 헤어나지 못한 나날
2년여 만에 사랑하는 이들과 푸른 숲에 갔습니다
젊을 때 보이지 않던 숲이 속을 보입니다
평범한 일상이 오색 물감으로 그려져 있습니다

젊은이들이
장작불 앞에서 흘리는 땀방울이 아름답습니다
어른을 공경하는 모습이 더 아름답습니다
초롱초롱한 눈망울만 바라봐도
기쁨 주는 아기새들 지저귈대며 뛰노는 모습
큰 기쁨을 주는 날입니다

자연이 준 선물 앞에서
한 폭의 그림 앞에서
저물어가는 노을
함께여서 기분 좋은 날입니다

그 이름

매월 어김없이 찾아주는 고지서
그 안에 반가운 이름 석 자
아직 지워지지 않은 그 이름
가슴에 묻고 삽니다

할머니라는
어르신이라는
그 단어가 낯설지 않은 세월 앞에 서 있지만
가슴 깊은 곳엔
항상 젊은 당신 이름만
문신처럼 새겨져 있습니다

잘못 그린 그림은
덧칠이라도 하지만
마음에 새겨진 이름 석 자
지울 수도 다시 새길 수도 없으니
그게 화석이 되었답니다

새하얀 영혼에 새겨진

당신 이름 석 자
지워지지 않는 사랑입니다
마르지 않는 눈물입니다

엄마 바지 주머니

속바지 안에 덧댄 주머니
자식들의 용돈 받아 챙겨 넣던 주머니
당신 위해 써보지도 못하고 다시
손주들 용돈으로 늘 비워지는데
풍족하게 채워드리지 못해 죄송할 뿐이었다

엄마 모시던 그때
깊숙한 주머니를 뒤지던 엄마
파란 지폐 한 장 꺼내
라면이 먹고 싶구나
건네주시는 손에 마음이 아파온다
평생 자식 위해 살아오셨으면서도
드시고 싶은 것 당당히 말씀하셔도 될 텐데~
덜컥 화부터 냈다

그게 서운하셨나 보다
며느리와 손주 있는 곳으로 가셨다
그리고 일주일 후 다시는 뵙지 못할
먼 곳으로 떠나셨다

그때 그날 그 입이 죄스러움으로 떨린다

새로운 아침

새벽길 걸으며 새소리 듣는다
들을 수 있는 것은
축복이고 선물이다

아침은 탄생의 시간이다
큰 숨 쉬고 기지개를 켠다
가장 신나는 새들은
출발시간마다 창공을 날며
열심히 하루를 연다

오늘도 주어진 일에 최선이다
특별하면서도 평범하게
하루하루 시간 여행을 한다

언제 또 올래

구십 구년 된 나무 한 그루
살아온 세월만큼이나 이제
힘도 없는 텅 빈 나무가 되어
이제나저제나 비가 오지 않으려나
애타게 기다리는 나무

오늘
그 나무 앞에 섰습니다
나무를 만져 봅니다
앙상한 고목
살짝만 건드려도 쓰러질 듯 휘청거려
마음이 아파옵니다

어머니의 외로움 괴로움
이제야 조금 알 것 같은데
점점 지쳐 가시는 모습에
눈시울이 젖어옵니다

지난날 제가 힘들 때

농사지은 곡식 이것저것 챙겨주시고
보따리 속에 꼬깃꼬깃 접어진 파란 지폐 몇 장
어머니의 사랑 잊지 못합니다

얼마 전 만해도
마당까지 나와 배웅해주시던
어머니
오늘은 방에서 나오시지 못한 채
언제 또 올래?
한마디만 남기신
어머니
다시는 못 볼 듯한 그 한마디에
가슴이 저려옵니다

나무

나무가 잎을 꺼내고 있다
무언가 말하려는 듯

나무는 다시 태어나는데
저물어 가는 노을
하루하루 지나갈 때마다
고장 난 곳만 하나둘씩 늘어간다

노을이 지기 전 하나씩 정리하고
내려놓아야 할 남은 시간
함께 하는 이들과 감사하며
품어주고 사랑하는
소중한 하루가 되도록 노력한다

버거운 삶일지라도
행복을 기대한다
얼마 남지 않은 시간
삶을 가슴에 따뜻하게 품는다

오늘 하루도

하루 만에 많은 일이 일어난다
어제 몽우리였던 꽃
오늘 활짝 피었고
나무는 더 풍성해진다

하늘엔 새로 생겨난 구름
모든 것이 변화하고 태어나고
죽음에 이르고 소멸하고
예고 없이 찾아오는 아픔들

오늘 함께 하는 이에게
감사하고
미워하지 말자

동치미

시원한 맛의 동치미
고구마와도 찰떡궁합
속이 불편할 때도
숙성된 국물 한 모금 마시면
뻥 뚫려
감기도 막는다

봄바람과 함께 스며드는
동치미 한 사발
코로나도 도망간다

엄마가 해준 동치미
맛있다 그 한마디에
힘든 줄 모른다

비 오는 날이면

비 오는 날이면
목말라하는 숲 속에 나무
작은 풀꽃
꽃망울이
방글방글 댄다

비 오는 날이면
농부들 잠시 일손 놓을 때
어머니는 당신 방에서 쉬라고 내어주고
동네 마실 다녀오시던 배려
그 깊은 사랑을
나는 배웠다

봄비

무언가 말하고 싶어 두드리는 소리
봄비다
시든 나뭇잎은 눈물로 살아나
파란 눈뜨고
들꽃도 주체하지 못하는 즐거움으로
웃음 짓는다

목마름에 얼마나 큰 기쁨이었으면
저리도 좋아할까
물방울 떨어지는 소리 듣고
풀 나무 춤을 춘다

빗자루

마음 쓸어내듯
마당을 쓸고 있다
봄이 되니
교회 주변 구석구석에 쌓인 먼지가
눈에 들어온다
볼품없는 빗자루로
열심히 쓸어낸다

담아낼 쓰레받기도 필요하다
닦아낼 걸레도 필요하다

무엇이든 필요한 도구로 쓰인다
누구든 필요한 쓰임을 받는다
없어질 때까지

고슴도치

아주 작은 가시가 박혀 아프다
수없이 박혀 아파하고 있다

가시가 박혀도 참을 수 있는 사랑
괴팍해도 끝까지 품을 수 있는 사랑
그러한 참된 사랑

나에게 묻는다
너에게 가시로 살아가고 있는지

상처를 입고 아플 수도 있다
가까운 기족일 수도 있다

작은 둥지

작은 둥지에서
아빠새 어미새
아롱다롱 새끼들과
초롱초롱한 눈망울 맞추며
힘든 줄 몰랐다

새끼 새들 날개 달고 훨훨 날아갔다
짝을 만난 새들 새둥지 만들어
아기새들과 입 맞추며
살아간다

할미새는
늘 행복하라고
잘 커달라고 기도한다

꺼져간 등불

삼십여 년을
아랫집 윗집으로 살았다
그가 어떻게 살았는지
지나온 세월만으로도 알 수 있다

처음 만났을 때 친정엄마와 살았다
몇 년이 지나 엄마가 돌아가셨다
아이의 엄마란 이름뿐이었다
한 남자를 만나 아들을 낳았다
알콩달콩 살아보지도 못하고
그는 둘에서 하나로 돌아와 맨몸으로
아들을 키우며 힘겹게 살았다
아이의 엄마란 이름만으로 살았다

오늘 깜짝 놀라운 소식을 들었다
다시 돌아오지 못할 곳으로 갔다고
가슴이 먹먹해진다
따뜻한 이웃이 되어주지 못한 것 마음만 아프다
조금 더 참지
누군들 마음 편히 사는 사람 어디 있으랴

5주
가슴에서 산다

어려웠던 그 시절
구멍 난 곳을 채워주던 그 사람

그 사람

동행자였던 그 사람
이제 추억이 되어
가슴에서만 산다
나쁜 그 사람은 머리에서
좋은 그 사람은 가슴에서

그래서일까
그 사람을 떠 올리면
가슴 깊은 곳이 아파온다
어려웠던 그 시절
구멍 난 곳을 채워주던 그 사람

당신 집에 왔어요

어느 날 갑자기 불쑥 던진 말
'우리 평생 살집 샀어'
나를 놀라게 한 당신 앞에 섰습니다

먼 길 떠날 때도
손 한번 잡아줄 새 없이
훌쩍 가버린 당신
야속합니다

당신이 남기고 간 어린 두 나무
비바람에도 쓰러지지 않고
뿌리 깊이 잘 자라
엄마의 그늘막이 되었습니다

오늘은 당신 집 정원을 다듬습니다
바라보고 어루만지느라
흐르는 땀방울이 온몸을 적십니다

언젠가 그날

당신 찾아가는 그때
당신 만나는 그날
함께 여행하면서 날개 펼쳐
훨훨 날아다니고 싶습니다

어머니 생신

어머니 푸른 시절
철없는 며느리로 만나 지내온
사십칠 년
오늘이 아흔여섯 번째 생신이다
굽이굽이 돌아온 세월의 무게만큼
이제는 고목이 되어
바람만 불어도 넘어질 것 같다

지나온 날 힘들 때도
슬퍼 눈물 흘릴 때도
옆에서 위로해주시던 어머니
이제 며느리의 고단한 삶
다 내려놓길 바라시는 어머니
마지막까지 자식들 고생시키지 않고
잠자듯 이별하기를 원하시는 어머니

철없던 며느리
이제 조금 철들어 알 것 같은데
다음 생신에 다시 뵐 수 있을까
아쉽다

콩나물

작은 콩알들이
수고한 땀방울처럼 품에 안긴다
알곡이 되기까지 젖어온 길을 보며
미안해진다
문득 어머니가 끓여준
콩나물국이 떠오른다
명절이 돌아올 때쯤이면
방 한구석 시루에서 자라는 콩나물
오직 물만 먹었다
쑥쑥 자란 콩나물은
이웃과 정도 나누고
죽으로 배고픔을 채워주기도 하였다

콩나물에서 그때
어머니 모습이 떠오른다

무인 맛집

육거리 새벽시장
자리마다 각각의 야채가 싱그럽게
손님 맞을 준비를 하고 있다
파란색 두 장이면 마음대로 골라
딸딸이 속을 가득 채운다
매주 이 동네 저 동네에서
사랑스런 손님이 찾아온다

오늘 반찬은
감자와 호박을 넣은 된장찌개
부추장떡 멸치고추조림 계란찜 노각오이로 만든
생채다

한 상에 둘러앉자
맛있는 음식에 젓가락이 벌이는
실랑이가 사랑스럽다
마음과 마음이 이어져 별이 되는 풍경이다

흰 돌 속에 까만 점

지금까지 받은 사랑 많은데
그 사랑 나누지 못해 미안합니다
자꾸만 받으려는 욕심 때문에
상처 주고 아픔을 주었습니다

숨 쉬는 시간마다 감사한 것 너무 많은데
흰 돌 속에 까만 점 하나
박힌 것 가지고 미워했습니다

고목이 돼서야 뒤늦은 깨달음
남은 시간이 얼마나 될지
욕심 내려놓고
받은 사랑 되돌릴 수 있는 지혜 달라고
2021년 12월 31일 새벽
오직 사랑이신 그분께 두 손 모아 봅니다

나무 없어진 자리

우뚝 서서 바람막이가 되어준
푸른 나무
어느 날 갑자기 휘몰아친 바람에
쓰러지고 말았습니다
꿈도 펼쳐보지 못하고
단풍 들지도 못한 채
싸늘한 흙이 되었습니다

12월이 올 때마다
그리움 지울 수 없습니다
찬바람에 한 잎 두 잎 떨어질 때면
메마른 가슴이 웁니다
아픔만 남긴 채 세월이 갑니다

인연

만나면 그저 좋은 사람
마음을 상하게 하는 사람
기쁨을 주는 사람
웃음을 주는 사람
넉넉함을 채워주는 사람
모습 닮고 싶은 사람
품어 안아주는 사람

매일 인연을 맺는다
미움 시기 질투를 내려놓기 위해
새벽잠 깨워 기도한다

단풍잎

해와 달이 담긴 단풍
붉은색 노란색 갈색
단풍의 물결이
골짜기를 채워
장관을 이룬다
바라보는 마음도
붉게 물든다
내 삶도
열정적으로 사르는
한 잎 단풍처럼
아름다운 뒷모습
남기고 싶다

우암 품에 작은 아파트

높아만 보이던 집
강산이 몇 번 변하니
주변 높은 집에 둘러싸여
조그만 집이 됐네

그래도 괜찮네
살 집이 있다는 게
식탁만한 집이라도 족하네
밤에는 창문으로 별이 보이고
낮에는 해와 구름이 들락거리는
작은 창문이 있으면 족하네

처음 만난 나의 집
연탄불로 방을 따뜻하게 데워준
그때가 그립네
아이들과 옹기종기 모여 웃음 짓던
그때가
아이들 젖은 신발 연탄보일러 위에 말려 신기던
그때가

같은 곳을 바라보며

아름드리 동구나무 푸른 잎 그늘에서
쉬어가라 한다
새들 둥지 틀어 새끼 낳고
사랑스레 지지굴 댄다
잠시 쉬어 흘린 땀방울 훔치며
평안한 마음이네

동구나무 가까이 사는 사람
새들이 똥 싼다고 불평
나뭇잎 떨어져 지저분하다 불안
같은 곳을 바라보며
어떤 이에겐 감사
어떤 이에겐 불평

가끔 만나는 이에겐 사랑한다고
가까이에서 바라보는 이에겐 감사하다고
전하지 못한 뒤늦은 깨달음

그래 잘했어

오늘도 할 일 많은데
아무것도 할 수 없다
어깨가 짊어진 무게에 지치고
우울까지 겹쳐

손가락 움직임 하나로
마음 모아 시로 표현할 수 있다는 것
잠시라도 우울에서 벗어날 수 있다는 것
소중하다

할 일 몸으로 할 수 없으니
시간이 멈춘다
그래도 뇌는 움직일 수 있어
감사 또 감사다
그래 잘했다, 시를 쓰고 있다는 것이

청보리밭

흰 눈이 녹은 청보리밭에
보리 싹이 봄이다
남녀노소 보리밭 사잇길에서
추억을 더듬는다

보릿고개 그 시절
꽁보리밥 지으시느라
닳고 닳은 어머니의 손바닥
가슴이 부르터 눈가를 적신다

성묘 가던 날

말뚝 위에 앉은 잠자리
손자가 살금살금 다가가
잡힐 듯 말 듯
잡으려 애쓴다

얼굴도 보지 못한
할아버지 앞에서
바이올린 둘러메고
가녀린 손 모아 찬송을 부른다

어디선가 달려와
포근히 안아줄 것 같다

그냥 좋다

- 옥천 수생식물원에서

초록 숲 그림 앞에 서 있다
보는 대로 감성을 건드린다
나무와 풀과 꽃이 손잡고 추는 춤
환상의 세계다

잠재된 의식의 발로
새로운 세상에 잔잔히 흐르는 음악
마음이 흔들린다

마주 보는 딸과
도란도란 이야기가 함박꽃이다
너와 함께여서 좋다
바라만 보아도 좋다
그냥 좋다

집 밥

토요일, 오늘은 무얼 해줄까
할머니 숙제다
손수레 끌고 육거리시장으로 간다
좌판에 생선들이얼음 위에 나란히 누워있다
자반고등어 뒤 마리 잡아 왔다

무를 썰어 냄비에 깔고
생선 올려 어우러진 양념에 조린 고등어
한쪽에는 할머니 표 된장이
뚝배기에서 보글보글 끓고 있다

손주들 밥상에 둘러앉아
음, 이 맛이야
밥 한 그릇 뚝딱 비우고 또 한 그릇
할머니 웃음꽃 핀다

살아있음에 감사

아직
여린 숨 쉬고 있는
정원에 버려진 히아신스
새로운 흙을 넣어
토닥토닥 사랑을 담아 주었다
생명 잃어가던 히아신스
숨을 쉰다

어느 날
아주 작은 꽃대가 올라와
향기로운 꽃이 되어
마음에 사랑을 주고 있다

오늘도
누군가가 나를 위해
토닥여줌에 감사
숨 쉬고 있음에 감사
그 사랑 영원하리

바람의 길목

살짝 불어오는 바람
휘몰아치는 바람
바람에 휘청거릴 때
바로 설 수 있었던 것
버팀목이 되어야 했던 것
넘어질까
흔들릴까
보듬어야 할 새싹들이 있었기에
바람의 길목에서 버텨왔다

고통이 있어 성숙한다

산수유 길

- 의성에서

팝콘처럼 팽팽 피어
미소로 반겨주는 모습에
어느새 나도 웃음이 난다

아이도 젊은이도 노인도
함박꽃이다
길도 웃음으로 흔들린다

학생 수련회를 돌보며

연풍에 있는 신풍교회로
중고등부 학생들과 1박 2일 수련회를 갔다

세월 따라 할머니라는 이름을 얻었지만
아직은 손맛을 낼 수 있어 감사하다
손주 같은 아이들 먹는 것만 바라봐도 흐뭇하다
앞으로 몇 번이나 해줄지
오늘이 감사하다

이튿날 계곡으로 갔다
나물들이 무성하여 부채질이다
구슬 같은 땀방울이 사라지고 시원하다
아이들은 무거운 가방 내려놓고
물속에서 나올 줄 모른다

자연에 감사하면서
해와 별처럼 빛나고 반짝이길 기도한다

오늘도 감사

잠에서 깨어 팔다리 흔들어 본다
움직여지니 감사하다

새벽길 걸을 수 있는 것도 감사
하늘 보며 맑고 흐림 볼 수 있는 것도 감사
새들의 지지굴 노래들을 수 있는 것도 감사
꽃향기 맡을 수 있는 것도 감사
기도할 수 있는 것도 감사

빚진 마음으로 누군가 날 위해
기도하는 모습 그리며
나는 널 위해 기도 한다

공짜로 주신 선물

새벽길을 걷는다
공짜로 주신 공기
마음껏 들이마신다
숨 쉬는 순간순간마다
감사하다
오늘도 아픔과 기쁨을
사랑으로 살피시는 하나님
그분 앞에 이 몸 맡길 때
살피신다 약속하신다
평안을 주시는 그분 앞에
엎드려 감사한다

사랑이 일어난다

- 바람의 길목

증재록 한국문인협회홍보위원

1. 발과 길의 인연은 숙명이다

하루의 길목엔 바람이 멈추지 않는다. 바람은 밀고 이끌며 새로운 길로 나가고 돌아서기도 하고 끝내는 간다. 간다는 게 예사롭지 않은 날은 낙엽이 노래를 한다. 모른 체 웃고 울고 화내기도 한다.

분주한 시간에 그냥 자리 만들어 주고 돌아서서 가는 길 앞에 주님을 향하는 마음이 영원 하라는 기도로 시명을 붙인 주영 이영자 시인이 영근 삶의 뜻을 담은 시집을 펴낸다. 한세상 희로애락을 새긴 시심을 내보이는 것만으로도 바람이 일어난다. 동그란 마음에 동그란 하루를 동글게 기도 하면서 동그란 입을 모아 동그랗게 웃는다. 살아온 만큼 돌아가는 연륜이 한세상을 바꾸는 숫자로 십 년을 일곱 바퀴 돈 발 머리에는 그리움이 다가온다. 아직도 할 말 아직도 할 사랑이 많은데도 돌아선다는 거기 뒷자락엔 낙엽이 긁어대는 처연한 그리움이 다가온다.

돌아서는 뒷모습에 이어 이어 반복되는 오늘, 오늘

그리고 지나간 어제가 기쁨보다는 안타까움에 울먹울음이 치민다. 돌아서면 다 잊히리니 기대하며 떠나지만 길게 뻗쳐 다가오는 그림자엔 사라지는 기억이 아쉬워 뒤를 돌아보게 한다.

발과 길 그 인연은 숙명이다. 내 발자국 찍혔던 거기 그 길에는 누가 머물러 있을까? 거기서 되돌아본다는 고백은 오히려 순명이라 편하다. 간다 가는 발엔 앞길이 있어도 조심스럽다. 나날의 향을 담으며 내 잡내를 씻어낸다, 씻어낸다는 건 욕망을 털어내기, 겹쳐진 염원을 시로 푼다.

2. 향을 품다

사이마다 향이 스며들고 사이마다 연분홍 사과꽃이 핀다. 사이마다 향그런 사과 향이 고개를 넘어가 새롭게 펼쳐지는 시심을 달게 한다. 주여! 영원이란 무엇이나이까? 주연이라기보다는 조연으로 제일 소중한 자리에서도 낮춤에 금빛 살라 새, 새로움을 내주기라며, 새야 날아라 그리고 올라라 살아가는 길에서 하늘을 향하여 오르는 고개를 넘으면 말마디가 변하고 물길이 달라지고 구름발이 바뀌고, 새야 새가 가볍게 날아오르며 깊은 향을 품는다.

> 겨울 새벽을 여는 철문은
> 손을 끌어당겨 놓지를 않는다
> 컨테이너 안의 왁자지껄
> 아파트 공사장에서

하루를 열어가는 소리다

다른 사람들
아직 눈도 뜨기도 전
가족을 위해 새벽을 깨운다

무거운 걸음 터벅터벅
몸을 감싸고 있는 도구들
짊어진 무게가 늘어진다

쌀쌀한 날에
몸을 내던지며
숨차게 달려간다

-「하루의 시작」전문

하루를 연다. 그 문은 새벽, 벽 깨치기, 아침을 지나
저녁에 이르러 큰 짐을 짊어지고 나서서 다시 돌아온
순환의 길이 반복이다. 지루한지도 모른 채 바쁘게 보
내고 돌아보면 어느새 해거름이다. 저곳 저기엔 그리도
가고 싶어 했던 소망이 있고, 거기 그쪽에는 애달프게
찾아본 환희의 자리도 있지만. 몸을 내던져 숨차게 달
린 자리를 보고 눈물이다. 울컥 솟아오르는 그러다가
그렇게 사라져가는 불그레 저물어 가는 하루가 차다.

오늘은 혼자만 간직할 수 없는
큰 기쁨의 날이다
나보다 더 좋아
팔랑개비 춤추듯 기뻐할
그 사람에게 전화를 건다
없는 번호란다
회신 없는 줄 알면서 그냥 건다

그냥 그냥 좋아서
바람결에 띄워 보낸다

-「바람결에 띄운다」전문

성취에 이어진 기쁨이 넘친다. 얼마나 기다려온 날인가. 두근두근 가슴 조이며 살아온 날, 보상 받는 시간, 한평생 고통을 사랑으로 품어가며 헤쳐 온 날의 품이 그립다. 그에게 축하를 받고 싶어 춤을 추며 달려간다. 어디야? 거기 어디야? 목소리가 들려온다. 수고 했어 그리고 축하하고 꼭 안는다. 좋다 좋아 다시 눈을 뜨고 바라보는 하늘, 바람을 타는 환상이고 환청이다.

날마다 풀을 밟고 또 밟으며 걷는다
풀은 아무리 짓밟혀도
아무런 불평 없이 용서하고 용서한다

어렵고 힘들어할 때
손잡아주고 눈물 흘리며 위로도 하지만
사랑과 용서 앞에는 고개만 숙일 뿐
시기와 질투가 있어 괴로워한다

서로 사랑하고 용서하란 말
수백 번 들었어도 돌아서면 늘 그 자리
얼마나 엎드려야 수없이 짓밟혀도
용서할 수 있는
풀이 될 수 있을까

-「풀」전문

떠나고 돌아오는 계절 따라 오르고 내리는 싹에서 풀잎 이어 꽃까지 마주쳐오고 부딪치는 바람이며 비 눈 모두 품고 나를 삭인다. 품는다는 건 그만큼 용서하며

성장하는 거, 때가 돌아오기를 염원하는 현실엔 터득해
야 할 이해가 있다. 공허로운 날이면 사랑을 품고 엎드려
등을 내주고 밟히는 자리마다 더 단단하게 씨를 뿌린다.
본질과 외형의 차이는 깊이에 용서와 사랑이 있는가이다.

> 품어주는 바다만 보아도
> 엄마 사랑 같다
> 길을 걸을 때도
> 숲을 볼 수 있어 감사하다
> 풍경이 정겨워 그냥 좋다
> 산을 보아도 연결된 하나고
> 바다를 보아도 합쳐진 하나다
>
> 둘이 한 몸으로 가는 길에
> 엄마 같은 사랑을 기도한다
>
> 사랑을 받을 줄 알고
> 사랑을 줄 수 있는
> 엄마의 꽃
>
> 너를 감싸주는 벌과 함께여서 좋다
> 사랑받을 수 있는 날이어서 좋다

-「너와 함께여서 좋은 날」전문

  엄마 그 이름만으로도 사랑이고 안식처다. 애틋하
고 그리워하고 좋아하는 그 마음에 트는 싹이 오늘을
다사롭게 연다. 모든 사물에 대하여 구원과 행복을
기도하는 심성, 그 믿음으로 그 길을 향하는 하루가
인자롭다. 엄마, 주고 주어도 끝없이 퍼주는 사랑 앞
에서 자신을 새겨보면 부끄럽기 그지없다. 그래서 기

도한다. 엄마 같은 사랑 엄마 같은 품을~,

> 동행자였던 그 사람
> 이제 추억이 되어
> 가슴에서만 산다
> 나쁜 그 사람은 머리에서
> 좋은 그 사람은 가슴에서
>
> 그래서일까
> 그 사람을 떠 올리면
> 가슴 깊은 곳이 아파온다
> 어려웠던 그 시절
> 구멍 난 곳을 채워주던 그 사람
>
> −「그 사람」전문

　사랑하는 임과 헤어진다는 그것도 영별한다는 자리에 이르면 슬프다 못해 아프다. 거의 삶에서 이루어지는 무대엔 사랑을 세워 기쁨과 슬픔 아픔과 괴로움을 담는다. 그 깊이에는 참이라는 진리와 존재의 모습에서 길을 내고 달린다. 어려웠던 한 시절을 서로 기둥이 되어 의지하며 헤쳐 나온 고난의 시절을 꽃피워주는 그 사람은 내 사랑이다.

3. 미소로 꽃 피운 심성

　주영 이영자 시인은 5년 전 동심이 꽃 피는 봄, 살짝 미소를 날리며 시로 만났다. 천상 고요인지 옷자락 소리도 없어 주변은 조용하였다. 그분을 향한 독실한 믿음, 그분을 향한 거룩한 신심, 그분이 밝히는 등불을 따른 기도, 이루리라 이룰 거다. 그 기대가 가족과 가정을 훌륭하게 건사한 힘이었다. 한 점 소리도 없이 이웃을 위한 봉사와 양보, 남에게 신세 지는 것보다는 스스로 품을 열어 안아주고 다듬어 펼쳐주는 마음, 언제나 깊은 시의 씨앗을 트는 고독의 시인, 사랑의 시인이다.

글을 쓴다는 자리는 이미 오래전 1인 1책에서 수필집 <작은 둥지>를 펴냈기에 낯설지는 않았다. 다만 고달팠던 삶 속에서 끈질기게 이어진 그림자를 '당겨라', '줄여라'로 깊은 의미를 찾는 길이 어려웠지만 이제 길머리를 찾아 시집을 펴낸다. 살아가는 오늘의 뜻을 깊이 새기면서 한마디 뜻 안에 속앓이의 아픔을 풀어내 고요를 담았다. 주님과 함께 영광을 안고 비바람도 눈보라도 모두 마음 안에 품고 펼쳐낸다. 이런저런 말도 글도 필요 없이 그냥 그 모습으로 심상이 펼쳐진다. 만나다 보니 모난 성질머리가 머리칼을 세워 흔들 때도 그냥 미소다. 해넘이에 서 있는 바랜 빛 한 줄이 다시 또 하나를 알려준다.

그렇게 주영자 시인은 그분의 착한 심성 같은 바람을 채워준다. 들리지 않는 소리가 배부르다. 조용하게 굴러 다가온 동그라미가 바로 생명의 줄이 이어지는 중심이다. 나날의 시간 한 칸을 위하여 밤을 낮으로 등불 밝힌 걸음, 그 안에 뜻을 새기면서 침을 적신다. 시침은 다시 뒤로 돌릴 수도 없고 주저앉을 수도 없는 스스로 존재를 확인하며 내일의 꽃을 피우려 오늘의 잎을 펼친다. 돌아보는 눈동자에 그리움이 짙다.

바람의 길목

초판1쇄 인쇄 2024년 4월 22일
초판1쇄 발행 2024년 4월 26일

지은이   이영자
만든이   박찬순
만든곳   예술의숲
         등록 2002. 4. 25.(제25100-2007-37호)
주   소 . 충청북도 청주시 상당구 교서로2
전   화 . 070-8838-2475
휴 대 폰 . 010-5467-4774
이 메 일 . cjpoem@hanmail.net

ISBN 978-89-6807-213-0 03810

※ 이 책은 충청북도, 충북문화재단의 후원으로 문화예술육성
지원사업의 일환으로 지원받아 발간되었음.